Günter Willumeit

Neues von Bauer Piepenbrink

Günter Willumeit

Neues von Bauer Piepenbrink

Verlag Michael Jung
Kiel

Besuchen Sie uns im Internet:
www.verlag-michael-jung.de

1. Auflage 2003

Fotos: Michael Jung

Lizenziert von NDR MEDIA GMBH
Gesamtherstellung:
Hans Kock Buch- und Offsetdruck GmbH, Bielefeld
ISBN 3-89882-029-7

Vorwort

Liebe Leserin,
lieber Leser !

Den ganzen Winter über hat Steffen mich genervt. Bei jeder Gelegenheit, ob wir am Stammtisch saßen oder ob wir beim Kegeln waren, immer wieder musste ich mir anhören: „Minsch, Hannes, schriev doch mol wedder ’n nieget Book !“
Aber Steffen hat gut Lachen, der Schlaumeier, er muss sich ja nicht den Kopf zerbrechen.
Ja, und dann habe ich mich hingesetzt und habe alles Neue, was bei uns so im Dorf passiert, aufgeschrieben. Ab und zu habe ich auch gepetzt. Sie werden Zeuge, was bei Steffen, dem Apotheker und auch bei unserem Bürgermeister zu Hause so alles los ist.
Und wenn Sie, liebe Leserin und lieber Leser, ein wenig Freude an dem Buch haben und Sie ab und zu schmunzeln oder gar lachen, dann freut sich

Ihr sehr ergebener
Hannes Piepenbrink
alias

Rundes Haus

Steffen hat sich ein Haus gebaut, ein richtig schönes Einfamilienhaus. Er ruft alle seine Freunde an und lädt sie zur Hauseinweihung ein. Und alle kommen mit Blumen und Geschenken, mit Brot, Salz und einem ordentlichen Schnaps.
Sein Freund Heinz sagt zu Steffen: „Du, ich werde wahnsinnig, dein Haus, wo man hinsieht, alles ist rund. Das Haus rundherum ist rund, jeder Raum ist rund. Warum hast du dein Haus rund gebaut ?"
Da antwortet Steffen: „Du, das liegt an meiner Schwiegermutter !"
Da fragt Heinz: „Wieso, was hat denn deine Schwiegermutter mit deinem runden Haus zu tun ?"
Darauf Steffen: „Meine Schwiegermutter hat gesagt, wenn dein Haus fertig ist, wird ja wohl ein Eckchen für mich frei sein !"

Geburt

Hausgeburten sind im Moment absolut in, auch bei Familie Strinseltal. Das siebte Kind sollte zur Welt kommen. Es stand also eine Hausgeburt an.
Der Arzt geht ins Schlafzimmer und kommt kurz darauf völlig aufgeregt wieder heraus und bittet den Vater: „Entschuldigen Sie, haben Sie mal Hammer und Meißel ?"
„Oh, Gott !", sagt der Vater, „Hammer und Meißel, wird das so eine schwere Geburt ?"

„Nee“, sagt der Arzt, „ich kriege meine Arzttasche nicht auf!“

Ehegespräche

Eine Frau säuselt: „Ja, mein kleines Schatzilein, mein Schnuckiputzilein.“
Da fragt der Mann besorgt: „Was ist denn, Liebes?“
Die Frau antwortet: „Halt die Schnauze, ich spreche mit unserem Hund!“

Hebamme

Hedwig Murmann, die Hebamme bei Steffen im Dorf, ist überall beliebt, auch in den Nachbardörfern. Sie ist einfühlsam, liebevoll und sehr erfahren. Sie genießt bei allen volles Vertrauen.
Als bei Strinseltals mal wieder eine Geburt ansteht, fragt sie die werdende Mutter: „Möchtest du denn, dass der Vater bei der Geburt dabei ist?“
Da antwortet die werdende Mutter: „Oh, Gott, bloß nicht, mein Mann kann den Kerl nicht ausstehen!“

Urlaubsorte

Steffen ist ja ein Urlaubsfan. Er liebt Österreich über alles.
Piepenbrink fragte ihn: „Sag mal Steffen, wo warst du denn diesmal. Hast du 'ne richtige Tour gemacht ?“
Steffen antwortete: „Ja, diesmal war ich erstmal eine Woche in Stanton und dann noch 'ne Woche in Stullrich.“
Piepenbrink sagte: „Steffen, ich glaube, das musst du missverstanden haben, das heißt St. Anton und St. Ullrich.“
„Ach“, antwortete Steffen, „siehst wohl, da habe ich mich denn wohl verlesen.“
Da fragte Piepenbrink ihn: „Sag mal, Steffen, wo fährst du denn nächstes Jahr hin ?“
Steffen antwortete: „Wieder nach Österreich !“
„Und wohin da ?“, hakte Piepenbrink nach.
Da antwortete Steffen: „In die St. Eiermark !“

Wochenmarkt

Treffpunkt im Dorf ist natürlich zweimal in der Woche der Wochenmarkt. Da kann man alles immer so schön beobachten.
Kommt eine Dame an einen Geflügelstand und guckt sich alles genau an.
Die Verkäuferin sagt zu der Dame: „Ich habe nur noch sechs Hühner.“

„Ja“, antwortet die Dame, „dann suchen Sie mir doch die drei ältesten und gammligsten heraus.“
Das macht die Verkäuferin auch und guckt die Dame lächelnd an und fragt: „Soll ich sie Ihnen einpacken ?“
„Nee“, antwortet die Dame, „ich nehme die anderen !“

Schwanger

Ein Arzt beginnt ein Verhältnis mit seiner Sprechstundenhilfe. Und nach ein paar Wochen sagt sie ihm, dass sie in froher Erwartung ist, sie ist schwanger.
Er bietet ihr an, sie mit einer großen Menge Geld nach Amerika zu schicken, damit sie weit vom Schuss ist, und nicht rauskommt, was passiert ist.
Die junge Dame akzeptiert den Vorschlag und fragt aber ganz höflich, wie sie ihm mitteilen soll, dass das Kind da ist.
Der Arzt überlegt, was er machen soll und sagt dann zu ihr: „Mach mal folgendes: Wenn es soweit ist, dann schreibst du mir eine Karte, auf der einfach nur steht ‚Sauerkraut‘, dann weiß ich ja Bescheid.“
Nach genau neun Monaten kommt Post aus Amerika und die Frau des Arztes nimmt die Post an und sagt: „Männe, eigenartig, du hast Post aus Amerika bekommen, also das begreife ich nicht. Da steht folgendes: ‚drei Portionen Sauerkraut, zweimal mit und einmal ohne Würstchen !‘ “

Markttreiben

Es macht immer wieder Spaß, den Wochenmarkt zu besuchen. Man trifft Leute, die man lange nicht gesprochen und gesehen hat. Man klönt. Auf neudeutsch heißt das ja heute „Smalltalk“.
Und so hat Piepenbrink mitbekommen, wie sich zwei Freundinnen über die Schädlichkeit des Rauchens unterhalten haben.
Da sagt die eine stolz: „Mein Mann raucht nur nach einem guten Mittagessen.“
Die andere antwortet: „Das ist aber wirklich sehr vernünftig. Zwei bis drei Zigaretten im Jahr werden der Gesundheit schon nicht schaden!“

Auskünfte

Die Stammtischbeziehungen werden immer wieder gerne genutzt. Also, wenn der Steuerberater, der Doktor, der Anwalt beim Stammtisch sind, holt man sich doch immer wieder gerne Tipps.
Letztens fragte Steffen den Doktor: „Sind Fische eigentlich gesund?“
„Ja“, antwortete der Doktor, „muss eigentlich so sein, es war noch keiner bei mir in Behandlung!“

Am Bierstand

Piepenbrink sieht und hört, wie am Bierstand sein Freund Alfred Küselmann seinen Kumpel Albert trifft und ihn fragt: „Sag mal, findest du nicht auch, dass mir mein Sohn wie aus dem Gesicht geschnitten ist ?“
Da antwortet sein Kumpel Albert: „Macht doch nichts, Hauptsache er ist gesund !“

Zoohandlung

Ein kleines entzückendes Mädchen geht in eine Zoohandlung und sagt: „Ich möchte gerne ein Kaninchen.“
Der Zoohändler antwortet: „Das ist ja toll. Möchtest du das kleine süße Braune mit den großen Augen und dem kuscheligen, flauschigen Fell ?“
Da meint das kleine Mädchen: „Das weiß ich auch nicht, das ist meiner Python-Schlange ziemlich egal !“

Klopfen

Alfred Strinseltal trifft seinen Kumpel Albert.
Der sagt zu ihm: „Sag mal, Alfred, hast du denn gestern Abend nicht gehört, dass wir pausenlos an eure Wand getrommelt haben ?“

„Ach“, antwortet Alfred, „das macht doch nichts, wir haben sowieso gefeiert !“

Herrgott

In der Schule in Plön ist ein sehr, sehr netter Lehrer, der viele unterschiedliche Fächer unterrichtet. Und er fragt eines Tages: „Liebe Kinder, wo wohnt denn der Herrgott ?“
Da meldet sich ein Schüler und sagt: „Der Herrgott, der lebt im Himmel.“
„Ja, schön“, antwortet der Lehrer. Und er fragt den nächsten Schüler: „Was meinst du denn ?“
Der sagt: „Der Herrgott, wohnt bei uns in der Kirche.“
„Ja, auch schön“, meint der Lehrer. „Und, Kläuschen, was meinst du denn ?“
Da antwortet der: „Der Herrgott wohnt bei uns im WC.“
Da fragt der Lehrer: „Wie kommst du denn darauf ?“
„Ist doch ganz klar“, antwortet Kläuschen, „jeden Morgen, wenn ich auf dem WC sitze, klopft mein Vater an die Tür und ruft ‚Herrgott, wer sitzt denn da noch immer ?‘ “

Tierausstellung

Steffen glaubt ja immer, alles zu wissen. Und deshalb hat er auch überall immer das letzte Wort.
Über Ostern gab es eine herrliche Kleintierausstellung im Dorf. Tauben, Zwerghühner, Perlhühner, normale Hühner und Hähne. In einer Ecke fand man eine Katzenausstellung, alle Rassen, wunderschön.
Das war natürlich was für Steffen. Er ging auf den Aussteller zu und sagte zu ihm: „Sie haben ja ganz, ganz tolle Katzen, edel und exotisch.“ Dann zeigte er auf eine und sagte: „Die gefällt mir ja ganz besonders, was ist denn das für eine ?“
Da antwortete der Züchter: „Das sind Siamesen.“
Daraufhin sagte Steffen: „Donnerwetter, die haben sie aber sauber getrennt.“

Vatergefühle

Steffen war letztens wieder auf 180 !
Seine Tochter kam mit einem Freund nach Hause.
Steffen brüllte den Freund an: „Sie wollten meine Tochter um Mitternacht nach Hause bringen, das haben Sie mir versprochen und was haben Sie gemacht ? Jetzt ist es morgens fünf Uhr. Sie wollten sie pünktlich um Mitternacht nach Hause bringen. Das nehme ich Ihnen jetzt persönlich übel. Und im übrigen ist das gar nicht meine Tochter !“

Auf Lateinisch

Steffen nahm sich an einem der Stammtischabende den Doktor mal zur Seite und sagte: „Dokter, weißt du was, du kannst mir ruhig mal die volle Wahrheit sagen. Sag mir die Diagnose offen und völlig unverblümt."

Da antwortete der Doktor: „Steffen, dann will ich dir eins sagen, wenn du das wirklich wissen willst, du frisst zuviel, du säufst zuviel, du rauchst zuviel und außerdem bist du viel zu träge !"

„Ja, Herr Dokter", sagte daraufhin Steffen, „das wäre ganz schön, wenn du mir das Ganze mal auf Lateinisch sagen könntest, das wäre denn für meine Frau ein bisschen besser !"

Jägerprüfung

Bei Steffen, dem Schlaumeier, kam es nun, wie es kommen musste. Er war durch die Jägerprüfung gefallen.

Nun weiß ja jeder, da wird wirklich etwas verlangt. Etwas Schadenfreude war schon mit dabei, als Piepenbrink ihn fragte: „Sag mal, Steffen, wie konnte das denn passieren ? Wer war denn da Schuld ?"

„Ja", antwortete Steffen, „natürlich der Prüfer !"

Piepenbrink fragte nach: „Womit hat er dich denn überlistet ?"

Da meinte Steffen: „Der hat mich gefragt, wie viele Ferkel kann eine Wildsau werfen ?"

„Und was hast du gesagt ?“, fragte Piepenbrink. Darauf antwortete Steffen: „Ich habe gesagt, meinen Sie jetzt hoch oder weit ?“

Impotent

Kinder sind ja im Prinzip immer wissbegierig. Der kleine Tom aus der Nachbarschaft von Piepenbrink fragt seine Mutter: „Du, Mami, was ist denn eigentlich impotent ?“
Da antwortet die Mutter: „Du, das weiß ich auch nicht, aber ich versuche, es dir zu erklären. Das ist so, als wenn man mit gekochten Spaghetti Mikado spielen will.“

Transplantation

Piepenbrink macht es doch auch mal wieder viel Spaß, Steffen so richtig reinzulegen. Um ehrlich zu sein, Steffen mag es auch gerne haben. Piepenbrink sagt zu Steffen: „Du bringst doch auch oft so Statistiken mit. Ich habe da neulich was gelesen, hast du das auch gelesen ? In Südafrika wurde einem sehr kranken Patienten die Niere von einem Gorilla eingepflanzt.“
Steffen fragt entgeistert nach: „Was ?“
Und Piepenbrink wiederholt geduldig: „In Südafrika wurde einem sehr kranken Patienten die Niere von einem Gorilla eingepflanzt.“

Da antwortet Steffen: „Nee, das ist ja wirklich unglaublich, einfach sagenhaft ! Aber mal ehrlich, Piepenbrink, würdest du dich von einem Gorilla operieren lassen ?“

Globetrotter

Steffen macht schon ganz gerne Reisen überall hin. Wenn man so will, ist er sozusagen ein Globetrottel. Letztens hatte er beim Preisausschreiben den ersten Preis gewonnen – das war eine Baggerfahrt in die Eifel. Der zweite Preis war die Rückfahrt.
Jetzt kam die ganze Familie aus dem Jahresurlaub zurück. Piepenbrink traf Mutter Steffen auf dem Dorfplatz. Die war so was von kaputt !
Piepenbrink sagte zu ihr: „Na, meine Süße, wie war es denn ?“
„Oh“, meinte sie, „ich bin so was von kaputt. Der Urlaub war ganz schön, aber wenn ich ehrlich bin, ich habe die falschen Sachen mitgenommen.“
Piepenbrink fragte: „Wie, die falschen Sachen mitgenommen, was denn zum Beispiel ?“
„Ja“, antwortete Mutter Steffen, „meinen Mann und die Kinder !“

Götter in weiß

Manchmal sind unsere „Götter in weiß“, das heißt natürlich unsere Ärzte, nicht ganz glücklich in der Auswahl ihrer Worte.
Letztens war der Doktor bei Piepenbrink im Dorf doch etwas genervt, gestresst, vielleicht auch etwas überarbeitet.
Gerade in diesem Moment kam ein Patient auf ihn zu und sagte: „Herr Doktor, mal unter uns, ist meine Krankheit sehr gefährlich ?“
Da überlegte der Doktor etwas länger, weil er ja nicht besonders gut drauf war und sagte: „Ich werde versuchen, es Ihnen ganz kurz mal zu erklären. Also, wenn ich Sie heilen sollte, werde ich weltberühmt !“
Aber der Patient fragte weiter: „Herr Doktor, gibt es eigentlich eine todsichere Methode, sich das Rauchen abzugewöhnen ?“
Da antwortete der Doktor: „Das ist doch ganz klar !“
Der Patient fragte weiter: „Wie soll ich das machen ?“
Und der Doktor antwortete klar und deutlich: „Sie müssen die Zigarette von beiden Seiten anzünden !“

Piepenbrinks neues Tournee-Plakat

Kultur

Kultur wird bei Piepenbrink im Dorf natürlich groß geschrieben. Mal Theater, mal ein Konzert, auch mal Ballett, Operette oder Musical.
Oma sagt zu Opa: „Wir könnten ja mal wieder ins Kino gehen."
Opa antwortet: „Wir waren doch erst letztens im Kino."
„Ja", sagt Oma, „aber in der Zwischenzeit gibt es Tonfilme."

Steffen

Steffen freut sich natürlich immer, wenn Piepenbrink mal zu Besuch kommt. Nun kam er aber zu einer Gelegenheit, die Steffen gar nicht gefiel.
Natürlich bemerkte Piepenbrink es sehr schnell und fragte seinen Freund: „Mensch, du läufst da im Zimmer immer so auf und ab, was ist denn mit dir ?"
„Ach", antwortete Steffen, „ich mache mir große Sorgen um meine Frau."
Piepenbrink fragte ganz besorgt. „Was ist denn ?"
„Nee", sagte Steffen, „ich mache mir richtig viel Sorgen um meine Frau."
Piepenbrink fragte noch mal nach: „Was hat sie denn ?"
Darauf antwortete Steffen: „Mein Auto !"

Rätsel

Was macht man an einem verträumten Sommerabend so auf der Veranda?
Steffen und seine Familie machen sehr, sehr gerne Kreuzworträtsel. Dabei helfen sie sich auch untereinander. Der eine fragt: „Weißt du, wer das war, welche Bucht da liegt, wie der Nebenfluss vom Rhein heißt."
Plötzlich sagt die jüngste Tochter von Steffen: „Du, Vati, hier ist eine Frage mit drei Buchstaben. Lebensende, mit drei Buchstaben?"
Darauf Steffen: „Ehe!"

Wodkatrinker

Bei Piepenbrink im Stammlokal sitzt ein Herr und trinkt einen Wodka nach dem anderen. Immer wenn er einen ausgetrunken hat, greift er in die Hemdtasche, guckt ein Bild an und bestellt noch einen. Dann hat er den ausgetrunken, greift wieder in die Tasche, guckt sich das Bild an und bestellt sich wieder einen.
Da fragt der Barkeeper: „Wieso schauen Sie denn immer auf dieses Bild, was Sie aus der Tasche ziehen, bevor Sie sich einen Drink bestellen?"
„Du", sagt der Gast schon mit ziemlich schwerer Zunge, „ich schaue mir das Foto meiner Frau an und wenn sie anfängt gut auszusehen, wird es Zeit, mit dem Saufen aufzuhören!"

Steffens Jüngster

Piepenbrink mag Steffens Jüngsten einfach zu gern. Der ist – wie Piepenbrink findet – einfach zu niedlich. Nun besucht er Steffen neulich und der Jüngste heult Rotz und Wasser.
Da fragt Piepenbrink ihn: „Fritzi, mein Süßer, warum heulst du denn so ?"
Da antwortet Steffens Sprössling unter Tränen: „Weil Papa sich mit dem Hammer auf den Finger gehauen hat !"
Piepenbrink sagt zu ihm: „Aber, deshalb brauchst du doch nicht zu heulen."
Darauf antwortet Fritzi wieder unter Tränen: „Zuerst hab ich ja auch gelacht !"

Ballettabend

Oma und Opa hatten sich gewünscht, einmal im Leben einen Ballettabend zu verbringen. Und da guckten Sie in den Veranstaltungskalender und fanden am 19. Dezember Bolschoi-Ballett in der Staatsoper in Hamburg. Zwei Karten waren schnell besorgt. Ein Schwiegersohn fuhr sie hin und der andere holte Oma und Opa wieder ab.
Am nächsten Morgen am Frühstückstisch waren alle ganz aufgeregt und fragten Oma und Opa: „Wie war denn der Ballettabend ?"
Da erzählte Oma: „So etwas Tolles und Eindrucksvolles, ich habe das so genossen. Und die Tänze-

rinnen und Tänzer, die waren so rücksichtsvoll. Als sie gemerkt hatten, dass Opa eingeschlafen war, haben sie auf Zehenspitzen getanzt !“

Urlaubszeit

Die Urlaubszeit ist ja die schönste Zeit des Jahres.
Piepenbrink begleitete Steffen ins Reisebüro.
Steffen machte eine kleine Verbeugung und sagte: „Guten Tag, ich möchte für meine Frau und mich eine Kreuzfahrt buchen. Aber wenn es geht, bitte so, dass wir uns nicht auf die Nerven gehen.“
Da fragte die nette Dame im Reisebüro: „Also, mit getrennten Kabinen ?“
Darauf antwortete Steffen: „Also, wenn es möglich ist, mit getrennten Schiffen !“

Erotik

Eine sehr erotische Geschichte: Das Ehepaar liegt nebeneinander im Bett.
Er fragt so ganz süffisant: „Woran denkst du ?“
Sagt sie: „An das gleiche wie du.“
„Prima“, antwortet er, „dann mach mir auch eins, aber bitte mit Schinken !“

Reisevorbereitungen

Also, Piepenbrink begleitete Steffen mal wieder bei seinen Reisevorbereitungen. Und so mussten sie natürlich einen Spaziergang durchs Dorf machen.
Da sagte Steffen auf einmal zu Piepenbrink: „Du, ick mutt noch mal to'n Frisör."
Natürlich ging Piepenbrink mit. Es war ein besonderes Erlebnis, denn der Friseurlehrling durfte zum ersten Mal rasieren.
Nach einer Viertelstunde sagte Steffen zu dem Lehrling: „Könnte ich bitte mal ein Glas Wasser haben ?"
Der Lehrling erschrak und fragte: „Sind Sie so durstig ?"
„Nee", meinte Steffen, „das nicht, aber ich möchte nur mal sehen, ob mein Hals noch dicht ist !"

Die Pisa-Studie

Die Pisa-Studie war, wie Piepenbrink findet, für uns alle ja wirklich alarmierend. Deutschland, das Land der Dichter und Denker, ganz am Tabellenende !
Aber man muss ja sagen, auch unsere Journaille hat sich diesem Trend angepasst. Wir alle kennen doch die Zeitschrift „FÜR SIE", die wird jetzt künftig heißen „FÜR IHR !".

Ehestreitigkeiten

Wer kennt das nicht, Ehepaare zusammen im Auto: Streitereien, Meinungsverschiedenheiten, Rechthabereien, Besserwisserei und dann Funkstille. Verkniffene Gesichter, hasserfüllte Blicke.
Kilometer über Kilometer fährt ein Ehepaar nach einem erbitterten Streit wortlos über Land. Kein Wort. Schließlich kommt es an einem Bauernhof vorbei. Sie gucken. So ungefähr zwanzig richtig gute fette Schweine suhlen sich in einem Misthaufen.
Da fragt die Frau ganz schnippisch: „Verwandte von dir ?"
„Ja", antwortet der Mann, „meine Schwiegereltern !"

Kulturbesessen

Also von Schlatens sind ja mehr im Theater als zu Hause. Nun waren sie mal wieder im Theater und lauschten und guckten, was da geboten wurde.
Da fragt Frau von Schlaten ihren Mann: „Du, sag mal, wer war eigentlich die Pompadour ?"
Da antwortet er: „Woher soll ich das denn wissen ?"
Das hört der Sitznachbar und flüstert: „Sie war eine Rokoko-Kokotte !"
Da fragt Frau von Schlaten: „Was hat er gesagt ?"
Darauf Herr von Schlaten: „Habe ich auch nicht verstanden, es ist zwar ein hochgebildeter Mann, aber er stottert !"

Pinguine

Piepenbrinks lieber Freund Steffen geriet mit seinem Auto vor ein paar Tagen in eine Polizeikontrolle. Er wurde gebeten, den Kofferraum aufzumachen.
Der Polizist bekam Riesenpupillen und sah, dass im Kofferraum sich zehn Pinguine befanden. Nun kannte er Steffen, nahm ihn zur Seite und sagte: „Hör mal zu, Steffen, du hast da im Kofferraum zehn Pinguine, mit denen musst du unbedingt in den Zoo."
„Ja", antwortete Steffen, „das mach ich."
Aber wie der Zufall es so will, am nächsten Tag wurde Steffen wieder angehalten, wieder musste er den Kofferraum öffnen. Und wieder waren die zehn Pinguine hinten drin, diesmal allerdings mit Schlitten.
Der Polizist sagte: „Hör mal zu, Steffen, ich hatte dir doch gesagt, du solltest mit denen in den Zoo fahren !"
„Ja", meinte Steffen, „da waren wir gestern, heute wollen wir rodeln !"

Lange Stammtischnacht

Das ist doch nun wohl klar. Nach dem Urlaub freut sich doch jeder auf den ersten Stammtisch. Es wird gefragt, wie es war und das dauert dann ja auch ein bisschen länger.

Piepenbrink weiß auch, dass Steffen dann auch ein paar Probleme mit seiner Gattin hat, weil es etwas länger gedauert hat.
Das merkt Steffen am nächsten Morgen beim Frühstück. Und das geht dann nicht immer so glatt ab.
Dann hat sie ihn gleich angemotzt: „Mein lieber Steffen, bis drei Uhr habe ich jetzt wach gelegen und auf dich gewartet. Ich liege im Bett und warte, dass du nach Hause kommst. Ich weiß nicht, ob das richtig ist ?“
Darauf Steffen: „Du, meine Süße, und ich komm extra drei Stunden später nach Hause, damit du in Ruhe einschlafen kannst !“

Gerichtsvollzieher

Es war mal wieder soweit, Steffen war blank. Es kam, wie es kommen musste, der Herr Gerichtsvollzieher stand in der Tür. Und welch ein Pech, Steffens Familie war zu einem Festessen beisammen. Es gab Gans, aber mit allen Schikanen ! Die Familie war so richtig schön im Gange.
Der Gerichtsvollzieher ließ sich natürlich nicht abwimmeln und schaute auf diese köstlich duftende gebratene Gans und sagte ziemlich vorwurfsvoll: „Ha, das habe ich gerne, keine Steuern zahlen, aber gebratene Gänse futtern !“
„Ja, wissen Sie, Herr Gerichtsvollzieher“, sagte daraufhin Steffen, „tut mir Leid, wir hatten keine

andere Wahl, wir konnten das Tier einfach nicht mehr ernähren !“

Noch eine Pisa-Studie

Apropos Pisa-Studie. In allen Berufssparten merkt man, dass Deutschland zu den Schlusslichtern gehört.
Da sagt der Chefkoch eines fünf Sterne Hotels in Lübeck zu seinem Lehrling: „Alfred, du nimmst jetzt zwei Drittel Milch, ein Drittel Sahne und ein Drittel Kaffee.“
Da guckt der Lehrling seinen Chef an und sagt: „Aber Chef, dass sind doch schon vier Drittel.“
Da antwortet der Chef: „Mensch, du Dösbattel, dann nimmst du eben einen größeren Topf.“

Wahrsagerin

Astrologie und Wahrsagerei haben in unserem Land im Augenblick wirklich Hochkonjunktur.
Die Wahrsagerin schaut lange in die Kristallkugel, und dann sagt sie: „Nein, Herr Müller, Ihre Frau betrügt sie nicht, sie ist absolut treu.“
Darauf antwortet Herr Müller: „Dann begreif ich nicht, warum wir immer noch denselben Briefträger haben, obwohl wir von Hamburg nach Oberammergau gezogen sind !“

Schlachter

Mit der Groß- und Kleinschreibung hat man manchmal so seine Probleme. Piepenbrink hat das beobachtet.
Ein älterer Herr, sehr elegant gekleidet, betritt die Metzgerei in Piepenbrinks Dorf. Er sagt: „Guten Tag, ich hätte gern 200 Gramm Leberwurst, aber bitte von der fetten, von der groben."
„Oh", sagt die Verkäuferin, „das tut mir Leid, die hat heute Berufsschule !"

Känguru

Nicht nur wir Menschen, auch unsere Tiere haben so ihre Probleme mit ihren lieben kleinen Kindern. So geschehen im fernen Australien.
Ein Känguru hüpft über die australische Steppe. Es ist brütend heiß, das Känguru stolpert und aus dem Beutel fällt ein kleiner Pinguin.
Zur selben Zeit steht am Polarmeer eine Pinguinkolonne, mittendrin zitternd und frierend ein kleines Känguru und das ruft: „Scheiß Schüleraustausch !"

Bürgermeister

Der Bürgermeister in Piepenbrinks Dorf ist natürlich eine absolute Autorität und Kapazität. Er hat es aber mit seiner Frau nicht immer ganz leicht. Sie hat immer was zu beklagen.
Letztens kam er von einer Gemeinderatssitzung nach Hause, da sagte seine Frau: „Ich will dir mal was sagen, Alfred, ich musste heute unsere Waschfrau entlassen, die hat geklaut."
Alfred war ganz erstaunt und sagte: „Das kann doch nicht sein."
„Doch", antwortete seine Frau „es ist so, die hat geklaut."
Alfred fragte nach: „Was fehlt denn ?"
„Ja", meinte seine Frau, „das will ich dir sagen, vier Bettlaken aus dem Grandhotel und zwei Tischdecken aus dem Hilton."

Fußball

Deutschland ist ja eine Fußballnation. Das haben wir ja nach der letzten WM gesehen. Jeder hat ja so seinen Verein. Steffen hat natürlich auch seinen Lieblingsverein und man merkt, dass die Vereine südlich von der Mainlinie mit ihren Lederhosen nicht immer so beliebt sind. Steffen weiß aber auch nicht, woran das so liegt.
Neulich trifft Piepenbrink seinen Freund Steffen und fragt ihn: „Du, Steffen, was hast du da eigentlich an der Leine ?"

Da antwortet Steffen: „Ich habe mir einen Pudel gekauft.“
Piepenbrink fragt weiter: „Was willst du denn mit einem Pudel ?“
Da antwortet Steffen: „Also, wenn ich so am Samstag die Sportschau gucke, denn sitze ich so bequem in meinem Sessel, der Pudel neben mir. Und – unter uns – immer wenn Bayern-München ein Tor schießt, dann macht der Pudel einen Salto.“
„Vorwärts oder rückwärts ?“, fragt Piepenbrink.
Da antwortet Steffen: „Das kommt ganz darauf an, wie ich ihn treffe !“

Ötzi

Wer Piepenbrinks Stammtisch besucht, braucht keine Zeitung, kein Radio und kein Fernsehen. Hier werden die aktuellsten und brisantesten Themen demokratisch, fair und äußerst kompetent durchdiskutiert. Ob Politik, Kultur, Sport, Dorfklatsch und Geschichten – Themen, die uns alle angehen.
Also, zum Beispiel: Sind Fernsehstrahlen schädlich, braucht man für Deo-Roller einen Führerschein ? Ist mit der Wiedervereinigung der Spalt-Tablette zu rechnen usw.
Letzte Woche stellte sich die Frage: „Welcher Landsmann war eigentlich der Ötzi ?“
„Der Ötzi, den haben sie doch da in den Bergen gefunden !“

Der Bürgermeister war natürlich der Erste, der eine Antwort wusste: „Ötzi kann kein Österreicher gewesen sein, sonst hätte er sich im Tal schon verirrt."
Der Apotheker ist ja immer so schlau und meldete sich als Zweiter zu Wort: „Italiener war er auch nicht, denn er hatte Werkzeug dabei !"
Der Forstrat, der auch immer mit an Piepenbrinks Stammtisch sitzt, meldete sich nun zu Wort: „Ötzi könnte Schweizer gewesen sein, denn er wurde von der Eiszeit überrascht."
Da hat sich dann Piepenbrink zu Wort gemeldet: „Ich glaube, wenn einer mit Sandalen ins Hochgebirge geht, ist es sicher ein Deutscher !"

Keine Ahnung

Also Steffen hat von Fußball so gut wie keine Ahnung. Neulich saßen Piepenbrink und er wieder einmal zusammen.
Piepenbrink erzählte ihm: „Du, Steffen, ich habe gelesen, da gehen ja wieder Gelder durch die Welt. Die haben für einen Rembrandt sechs Millionen und für einen van Gogh neun Millionen geboten."
Da sagte Steffen: „Du, diese Bundesliga-Vereine machen sich aber auch gegenseitig kaputt."

Fahrradklau

Und wie es manchmal im Leben so ist, der Bürgermeister in Steffens Dorf stellt fest, sein Fahrrad ist nicht mehr da, es ist wohl geklaut. So etwas spricht sich im Dorf schnell herum.
Und so trifft der Bürgermeister den Gemeindepfarrer und sagt: „Mein Fahrrad haben sie mir geklaut.“ Und er fragt auch gleichzeitig, was man da wohl machen könnte.
Da meint der Pfarrer: „Bürgermeister, ich gebe dir den Tipp, du kommst zur Sonntagsmesse, setzt dich in die letzte Reihe und hörst dir die Predigt an. Ich werde die zehn Gebote ganz ruhig verlesen. Und wenn du das Gebot ‚Du sollst nicht stehlen‘ ganz genau hörst, dann guck dir die Anwesenden an, wie die darauf reagieren.“
Nach der Andacht fragt dann der Pfarrer: „Na, Bürgermeister, hast du irgendetwas bemerkt ? Als ich bei dem Gebot war, ‚Du sollst nicht stehlen‘, ist da irgendetwas passiert ? Ist da irgendjemand zusammengezuckt oder hat jemand schuldbewusst zur Seite geschaut ?“
„Nee“, sagt der Bürgermeister, „das habe ich nicht bemerkt. Aber bei dem Gebot ‚Du sollst nicht Ehebrechen‘, da fiel mir wieder ein, wo ich mein Fahrrad habe stehen lassen !“

Frauenwünsche

Nach der langen Sommerpause gab es bei Piepenbrink im Dorf endlich wieder einen Stammtisch. Und alle freuen sich, wenn sie sich nach so langer Zeit wieder sehen.
Einer von Piepenbrinks Lieblingskumpels ist der Feuerwehrhauptmann. Der sagte: „Manchmal sind unsere Frauen doch auch wirklich komisch. Meine Frau hat sich jetzt zu ihrem 50. Geburtstag ein Kochbuch gewünscht. Dabei kann sie gar nicht kochen."
„Ja", bemerkte unser Forstrat, „und meine Frau, manchmal hat sie auch keine Ahnung, die hat sich einen Deo-Roller bestellt, dabei hat sie gar keinen Führerschein dafür !"
Piepenbrinks Nachbar von Schlaten war als nächster dran und sagte: „Also, meine Frau ist auch so was von komisch. Die wollte jetzt 14 Tage alleine Urlaub machen auf Mallorca und hat sich fünfzig Kondome gekauft. Dabei hat die gar keinen Schniedelwutz !"

Neuer Mitarbeiter

Es ist ja üblich, dass man einen neuen Mitarbeiter testet, bevor man ihn einstellt. So war es auch bei Steffens Dorfschlachter. Bei ihm hatte sich jemand beworben.

Der Schlachtermeister befragte nun den Bewerber: „Sie haben sich ja nun als Verkäufer beworben und deshalb muss ich Sie jetzt ein bisschen testen. Können Sie mir so spontan sagen, wie viel Gramm ein Kilo hat ?“
Der Bewerber überlegte kurz und sagte: „Achthundert.“
„Oh“, meinte der Schlachtermeister, „Klasse, wann können Sie anfangen ?“

Spanien

Der Bürgermeister in Piepenbrinks Dorf ist ja auch so ein Schlaumeier. Er sagt: „Also, das ist ja heute keine Hürde. Du setzt dich in Hamburg ins Flugzeug und in zweieinhalb Stunden bist du auf Mallorca. Aver wi hebbt dat ganz anners maakt. Mit drei Kegelbrüdern, wir waren also zu viert, sind wir mit dem Auto auch Richtung Spanien. Also einfach war das nicht. Erstmal durch ganz Deutschland durch und das in der Hauptsaison. Die Straßen voll, die Autobahnen, dann Staus, dann eine Baustelle, dann ’ne Umleitung. Dann durch Frankreich das gleiche, über die Pyrenäen rüber. Dann waren wir endlich in Spanien. Mensch, waren wir kaputt, wir waren Tag und Nacht unterwegs. Wir waren im schönen Baskenland. Jetzt gab es nur ein Ziel. Das nächste Lokal ist das unsrige. ‚Ne schöne Kanne Kaffee‘, oh, wir waren so müde. Jetzt ‚ne schöne Kanne Kaffee‘ !

Nun kamen wir in ein wunderschönes Lokal und alle bekamen leuchtende Augen. Nun saßen wir da und warteten auf unseren Kaffee in diesem schönen baskischen Lokal. Plötzlich kamen 5 Basken in das Lokal reingestürmt, schossen in die Decke und riefen ganz laut ‚Liberte, liberte !‘ Da haben wir auch lieber Tee getrunken !“

Schwiegermutter

Das leidige Thema Schwiegermutter !
Darüber könnte Steffen Bücher schreiben. Es vergeht nicht ein Stammtisch, an dem Steffen seine Schwiegermutter, die geliebte, verschonte.
Letztens sagte er: „Schade, schade, schade, zwanzig Jahre lang bin ich mit meiner Schwiegermutter wirklich hervorragend ausgekommen.“
Piepenbrink fragte: „Und was ist jetzt, warum denn jetzt nicht mehr ?“
Da antwortete Steffen: „Jetzt kam sie überraschend zu Besuch !“

Schwarzer Papagei

Die Frau Bürgermeister in Piepenbrinks Dorf hat schon sehr ausgefallene Wünsche. An ihrem „Nullten“ Geburtstag, Piepenbrink sagt natürlich nicht, welcher „Nulltag“ das war, hatte sie sich von ihrem

Herrn Gemahl einen Papagei gewünscht, einen schwarzen Papagei.
Na ja, der Bürgermeister hat ja Ehrgeiz, fährt alle Städte, Kleinstädte und Großstädte ab. Es ist kein schwarzer Papagei zu kriegen.
Da sagt einer von seinen Kegelbrüdern: „Weißt was, wir haben bei uns hier im Vorort, in dem kleinen Nest, unseren kleinen Saunaclub, unser kleines Bordell. Und der Bordellbesitzer, der den kleinen Puff da führt, der hat doch einen schwarzen Papagei. Du bist doch auch oft da, da machst du einen guten Preis, den schwarzen Papagei, den kriegst du!“
Na ja, nachdem es auch in allen Zoohandlungen nicht möglich war, einen schwarzen Papagei zu kriegen, fährt der Bürgermeister also hin und verhandelt mit dem Bordellbesitzer. Man wird sich handelseinig und der Papagei geht in den Besitz des Bürgermeisters über.
Und nun stand die Feier an. Der Dorfkrug war schön geschmückt. Hundertfünfzig Gäste saßen da. In der Mitte des Saales eine Säule und darüber so ein schwarzer Vorhang. Man konnte also ahnen, dass unter dem Vorhang vielleicht ein Käfig war. Und so war es dann auch.
Alle hatten gratuliert und der Bürgermeister ging, als es soweit war, an den Platz, wo der schwarze Vorhang war und hielt eine Rede: „Liebe Elisabeth, es war immer dein Wunsch, einen schwarzen Papagei zu kriegen und heute zu deinem Geburtstag soll er in Erfüllung gehen. Ich habe einen schwarzen Papagei für dich gekriegt und hier ist er.“ Dann nahm er das schwarze Tuch weg.

Der Papagei war zu sehen in einem wunderschönen Käfig, er schüttelte sich zwei- bis dreimal, guckte in die Runde und zeigte mit dem Flügel: „Dich kenn ich, dich kenn ich und dich kenn ich auch, bloß die ganzen Nutten hier sind neu !“

Gedanken

Das Ehepaar liegt im Bett und druselt vor sich hin. Da fragt sie ihn ganz leise: „Woran denkst du gerade ?“
Da sagt er: „Kennst du nicht !“

Hinnerk

Piepenbrinks zweitbester Freund ist ja Hinnerk. Der kommt relativ selten in den Dorfkrug. Wenn er aber da ist, dann sitzt er bis Mitternacht immer an der Theke und haut sich immer einen rein in die Birne. Also, Korn 32, nicht Prozent, sondern pro Stunde. Und dann wird er wehleidig. Dann klagt er dem Wirt so sein Leid. Er liege in Scheidung, sagt er. Das ist alles so schrecklich und seine Frau redet nicht mehr mit ihm, will nur Geld haben. „Weißt du was, Wirt, das macht mich ganz kaputt, schenk mir mal noch einen ein.“
Der Wirt ist ja ein sehr einfühlsamer Mensch und fragt: „Ist das denn nun wirklich nötig, dass Sie

sich scheiden lassen? Kann man das nicht noch irgendwie wieder zurechtbiegen?"
Darauf antwortet Hinnerk: „Jetzt will ich dir mal was sagen, Herr Wirt, willst du mit jemandem zusammenleben, der lügt und betrügt. Der sich jede Nacht voll laufen lässt, der mehr Geld ausgibt, als er hat und der auch obendrein noch frech und giftig ist?"
„Nee", sagt der Wirt, „natürlich nicht, ganz bestimmt nicht."
„Ja, siehst du", sagt Hinnerk, „meine Frau nämlich auch nicht!"

Original

Der Bürgermeister in Piepenbrinks Dorf ist schon ein Original. Neulich hat Piepenbrink ihn überrascht.
Er kommt zum Bürgermeister ins Haus, da kniet der in der Küche und schrubbt den Fußboden, schweißnass.
Piepenbrink sagt zu ihm: „Mein Gott, Bürgermeister, du schrubbst da den Fußboden. Wenn ich ehrlich bin, dass würde mir nicht im Traum einfallen."
Der Bürgermeister schrubbt weiter und sagt: „Mir auch nicht, die Idee stammt von meiner Frau!"

Drillinge

Es ist ja jedes Mal in Piepenbrinks Dorf ein Ereignis, wenn ein Baby geboren wird. Ob es ein Einzelkind ist, ein Mädchen oder Junge, ein freudiges Ereignis ist es allemal !
Zwei Freundinnen besuchen ihre Nachbarin, die Mutter von Drillingen geworden und dementsprechend stolz ist.
Die junge Mutter erzählt ihren beiden Freundinnen: „Der Doktor hat gesagt, dass Drillinge nur alle zwanzigtausendmal vorkommen."
Später auf dem Nachhauseweg sagt eine Freundin zur anderen: „Weißt du was, hast du das gehört, alle zwanzigtausendmal, wann macht die eigentlich ihren Haushalt ?"

Immer diese Schwiegermutter

Also, Steffen hatte wirklich kein besonders gutes Verhältnis zu seiner Schwiegermutter. Und nun kam der Tag, an dem sie endgültig verabschiedet werden musste.
Und nach den Trauerfeierlichkeiten kam Steffen nach Hause. Als er gerade die Haustür aufschließen wollte, wie der Teufel es will, knallte ihm eine riesengroße Dachpfanne auf den Kopf. Steffen guckte grimmig nach oben und brummelte: „Die scheint schon oben zu sein !"

Piepenbrink liebt Trecker über alles.

Locke

Wenn die Liebe hinhaut, haut sie hin. Der Dorfschmied Helmut, der ist vollkommen verliebt. Also, wie man so schön sagt, er ist verliebt bis über beide Ohren.
Nun trifft er eines Tages Hannes, den kleinen Bruder seiner Angebeteten. „Du", sagt Helmut, „hör mal zu, Hannes, wenn du mir eine Locke von deiner Schwester mitbringst, dann kriegst du zehn Euro von mir."
Hannes überlegt ein bisschen und fragt dann: „Und was krieg ich von dir, wenn ich dir ihre ganze Perücke mitbringe ?"

Umfrage

Die NDR 1 Welle Nord steht dem Publikum ja sehr nah.
Ein sehr pfiffiger Reporter und Moderator ist in der Fußgängerzone einer sehr schönen norddeutschen Stadt. Er geht auf einen Passanten zu und sagt ganz höflich: „Hier ist die NDR 1 Welle Nord, wir machen eine kleine Umfrage, wenn Sie sich daran beteiligen wollen ?"
„Ja", antwortet der Angesprochene, „das mach ich gerne."
Also fragt der Reporter: „Mit wem würden Sie lieber eine Nacht verbringen: A) mit Ihrer Frau ..."
Da antwortet der Mann spontan „... B) !"

Am schönsten

Die Schüler in den Schulen werden natürlich alle sehr gefordert.
Die Schülerinnen und Schüler im sechsten Schuljahr werden von ihrem Lehrer gefragt: „Was glaubt ihr, wo ist es am schönsten ?"
Die Jungs und Mädchen überlegen, dann meldet sich ein Junge und sagt: „Herr Studienrat, am schönsten ist es im Bett mit einer schönen Frau !"
Der Lehrer ist sauer und empört. „Also, mein lieber Sven, solche Antwort hätte ich von dir nicht erwartet, so etwas Blödes, so etwas Obszönes, ich werde deinem Vater einen Brief schreiben und ihm mitteilen, wie unverschämt du dich im Unterricht benimmst."
Nach ein paar Tagen fragt der Lehrer den kleinen Sven: „Was hat eigentlich dein Vater zu meinem Brief gesagt ?"
„Tja", sagt Sven, „mein Vater ist derselben Meinung wie ich und falls Sie, Herr Studienrat, anderer Meinung sind, hat er gesagt, soll ich mich vor Ihnen sehr in Acht nehmen."

Scherzfragen

Steffen ist ja immer dabei, wenn Stammtisch ist. Und da ist er mittlerweile berühmt und berüchtigt für seine Scherzfragen.

Piepenbrink hat es nicht vergessen, dass Steffen zum Beispiel fragte: „Leute, kennt ihr den Unterschied zwischen der Hochzeitsnacht und einem vereiterten Backenzahn ?“
Am Stammtisch wusste es keiner.
Da war Steffen sofort oben auf und sagte: „Hört mal zu, wenn du einen vereiterten Backenzahn hast, bist du doch froh, wenn der raus ist. Und in der Hochzeitsnacht bist du doch froh, wenn du keinen vereiterten Backenzahn hast.“
Steffen hat aber auch immer wieder etwas Neues. Neulich kam er an und fragte: „Habt ihr die letzte Talkshow gesehen ?“
Piepenbrink antwortete: „Nee, du, konnte ich nicht sehen !“
Da berichtete Steffen: „Du, da war dieser Modeschöpfer, dieser Rudolph Mooshammer, der immer so eine schöne Frisur hat, rosa Krawatten trägt und immer seinen kleinen Hund, die Daisy, auf dem Arm hat.“
Piepenbrink sagte: „Nee, ich kenn den nicht, aber ich habe den schon mal gesehen !“
„Du, Hannes“, sagte Steffen, „der trägt Designerunterwäsche !“
Piepenbrink rief erstaunt: „Nein, wieso das denn ?“
Da antwortete Steffen: „Die seiner Mutter !“
Nee, über Steffen muss man sich immer wundern !
Letztens kam er an und sagte: „Man muss ja immer was Neues erfinden. Ich habe jetzt eine Möwe mit einem Papagei gekreuzt.“
Piepenbrink fragte ganz erstaunt: „Und was bringt das ?“

Da antwortete Steffen: „Se schiet di ümmer noch op den Kopp, aber sie kann jetzt wenigstens Entschuldigung sagen !“
Dann kam er wieder an, setzte sich ganz ruhig an den Stammtisch und sagte: „Hört mal zu, was ist der Unterschied zwischen einer ledigen und einer verheirateten Frau ?“
Keiner am Stammtisch kannte den Unterschied.
Da antwortete Steffen: „Eine ledige Frau kommt nach Hause, schaut in den Kühlschrank und geht frustriert ins Bett.“
„Ja, und ?“, meinte Piepenbrink.
Darauf Steffen: „Die verheiratete Frau kommt nach Hause, schaut ins Bett und geht frustriert an den Kühlschrank !“
Aber Steffen ist unberechenbar. Er hatte natürlich gleich die nächste Scherzfrage auf Lager: „Hört mal zu, ihr kennt doch alle Reinhold Messner, der immer so schön im Gebirge unterwegs ist. Im Himalaya und so. Wisst ihr eigentlich, wenn Herr Messner seine Post im Himalaya zur Post bringt, was er da bei der Post fragt ?“
Hannes Piepenbrink wusste keine Antwort.
Darauf antwortete Steffen: „Na, ist doch klar. Messner fragt: Yeti heut noch ab ?“

Harm Clausen

Nun kennt ja jeder im Dorf Harm Clausen. Als Harm Clausen in Rente ging, tat er endlich das,

wovon er seit Jahren geträumt hatte. Er hatte ein bisschen was gespart und zurückgelegt, und er kaufte sich eine kleine Bauernkate außerhalb des Dorfes. Die Kate war natürlich etwas verwahrlost. „Ach“, dachte Harm, „dat maak ick schon!“ Er brauchte ungefähr zwei Jahre, bis das Haus richtig schön hergerichtet war. Und aus dem Stück Land um das Haus herum, das vorher fast nur aus Unkraut und Brennnesseln bestand, hatte Harm Clausen einen hübschen Garten gemacht. Ist doch klar, dass Harm da bannig stolz drauf war.
Eines Sonntags kam der Dorfpastor vorbei, blieb stehen und rief erstaunt: „Harm Clausen, ist das nicht wunderschön geworden, da haben Sie und der liebe Gott aber ordentlich was auf die Beine gestellt.“
„Nee, nee“, sagte Harm Clausen, „Herr Pastor, das kann man so nicht sagen, dann hätten Sie das Grundstück mal sehen sollen, als der liebe Gott es noch alleine bewirtschaftet hat.“

Frau Bürgermeister

Es ist hinlänglich bekannt, dass die eifersüchtigste Frau im Dorf zweifelsohne die Frau Bürgermeister ist. Mein Gott, was hat der Bürgermeister schon alles über sich ergehen lassen müssen!
Alles wird kontrolliert. Ob es die Post ist oder das Jackett. Irgendwo findet sie immer ein Haar und dann gibt es eine Szene.

An einem Morgen findet sie aber kein Haar am Sakko. Da ist sie völlig geschafft und schluchzt: „Nicht mal vor Kahlköpfigen schreckst du zurück !“

Goldene Hochzeit

Piepenbrink ist gern mal an der Nordseeküste. Er liebt es, die nordfriesischen Städte und Dörfer zu besuchen. Und er war dabei, als eine Goldene Hochzeit in Bredstedt gefeiert wurde.
Das Jubelpaar war ganz aufgeregt. Natürlich waren auch die Honoratioren des Ortes, die Vertreter von Handel und Gewerbe, Bauernverband, Wegezweckverband und Schweinegilde versammelt.
Die örtliche Presse hatte natürlich einen guten Reporter geschickt, damit er einen richtig schönen Artikel für die Zeitung schreiben konnte. Er tastete sich so ganz langsam an das Goldene Jubelpaar heran. Dann nahm er sich den Bräutigam zur Seite und fragte: „Was war eigentlich die schönste Zeit in dieser fünfzigjährigen Ehe ?“
Un de Bräutigam, dat weer so'n echten Nordfriesen, de överleggt un meent dann: „Also, wenn ich mir das so richtig überlege, fünfzig Jahre Ehe …, na ja, dann waren das die fünf Jahre in russischer Kriegsgefangenschaft !“

Bauchredner

Auf dem letzten Jahrmarkt im Dorf gab es eine absolute Sensation. Ein Bauchredner! Piepenbrink hett sik doodlacht! Eine richtige Bauchrednershow, eine richtige Gruppe und das machten die auch ganz toll. Und es saßen mehr Blondinen in der Gruppe des Publikums, als man es vermuten konnte. Und die Bauchredner hauten die Blondinen in die Pfanne.
Die Rädelsführerin der Blondinen sprang auf und sagte zu dem Bauchredner: „Du Mistkerl, was erzählst du über Blondinen für schwachsinnige Geschichten, das ist überhaupt nicht wahr, wir sind gar nicht so blöde, wie du das immer sagst!“
„Mensch“, sagt der Bauchredner, „das sind doch nur Witze!“
Da sagt die Blondine: „Ich rede doch auch gar nicht mit Ihnen, ich rede mit diesem kleinen Drecksack, der auf Ihrem Knie sitzt!“

Ostfriesen

Piepenbrink liebt nicht nur die Nordfriesen, nein, er liebt auch die Ostfriesen. Neulich hat er folgendes gehört: Es gingen zwei Ostfriesen am Deich spazieren, es war ein herrlicher Tag, eine leichte Brise, ein schönes Wolkenbild. Außer Schafen keine Menschenseele weit und breit.

Plötzlich aber war ein Schietwetter im Anmarsch. Und die beiden beschlossen, sie wollten so schnell wie möglich nach Hause und hatten es dementsprechend eilig. Sie wollten gerade schnellen Schrittes losgehen, da sieht der eine Ostfriese fünf Meter vor sich eine Geldbörse, prallgefüllt, hebt sie auf und schmeißt sie wieder weg.
„Mensch“, sagt der andere, „weer dar keen Geld binnen ?“
„Doch“, sagt der andere Ostfriese, „doch da war viel Geld drinnen.“
„Un worüm schmietst de einfach weg ?“, fragt der eine Ostfriese seinen Kumpel.
„Ach“, antwortet der andere Ostfriese, „da war ja wohl nur Falschgeld drinnen, oder hast du schon mal einen hundert Euroschein mit drei Nullen gesehen ?“

Steffens Familie

Sachen gibt's, die gibt es gar nicht. Vorgestern stürzte Steffen leichenblass in die Küche und sagte zu seiner Frau: „Du, Mieke, da ist gerade etwas passiert, das glaubst du gar nicht. Stell dir vor, ich saß auf dem Sofa, wo ich immer sitze, stand auf und in dem Moment knallte die uralte schwere Uhr von der Wand auf das Sofa, genau da hin, wo ich vor einer Minute noch gesessen hatte.“
Da antwortete Mieke: „Diese blöde alte Uhr muss auch immer nachgehen !“

Schönheits-OP

Es gibt Menschen, die nicht zugeben wollen, dass sie älter werden.
Ein Mann von siebenundvierzig Jahren, sehr bemüht jung auszusehen, entscheidet an seinem Geburtstag, sich sein Gesicht liften zu lassen. Er lässt die Operation machen und verlässt mit neuem Gesicht überglücklich die Klinik.
An einem Zeitungskiosk kauft er eine Zeitung und fragt den Verkäufer: „Na, mein Freund, nehmen Sie es mir nicht übel, aber ich würde Sie gerne mal etwas fragen, wie alt schätzen Sie mich ?"
Der Verkäufer guckt ihn an und antwortet: „Weiß ich nicht so genau, aber ich schätze Anfang dreißig, ungefähr zweiunddreißig Jahre."
Der Mann freut sich natürlich und sagt: „In Wirklichkeit bin ich siebenundvierzig !"
Später geht der frisch Operierte zu Mc Donalds, bestellt einen Hamburger und fragt den Kassierer: „Wie alt schätzen Sie mich ?"
Der Kassierer überlegt einen Moment und sagt dann: „Ich schätze Sie so auf neunundzwanzig."
Der frisch Operierte schmeißt sich in die Brust wie der Spatz in die Äpfel, wird noch ein Stückchen größer und sagt: „Nein, ich bin siebenundvierzig !"
Auf dem Weg nach Haus, nimmt er den Bus und setzt sich neben eine alte Dame und es piesackt ihn wieder. Er spricht die alte Dame an: „Verzeihen Sie, wie alt schätzen Sie mich ?"

Die alte Dame schaut etwas nachdenklich mit ihrem faltigen Gesicht, und dann sagt sie zu ihm: „Sehen Sie, mein Sohn, ich bin schon fünfundachtzig Jahre alt und ich hatte nie eine Methode, das Alter der Männer zu erraten. Ich habe aber von meiner Mutter übernommen, dass ich seinerzeit meine Hand in die Hose gesteckt, und dann jedem sein genaues Alter habe sagen können."
„Puh", meint der frisch Operierte, „das ist ja ein bisschen komisch." Nun ist aber keiner mehr im Bus und dann sagt er: „Na ja, dann o.k., wenn Sie das bei mir auch schaffen, dann dürfen Sie bei mir in die Hose hineinfassen und schätzen."
Das macht sie dann auch und nach einer Weile, so ungefähr zehn Minuten, sagt sie: „Sie sind siebenundvierzig Jahre alt."
Der Mann ist völlig erstaunt und sagt: „Aber das ist ja unglaublich. Sagen Sie mal, wie machen Sie das ?"
Darauf sagt die alte Dame: „Ich habe vorhin bei Mc Donalds hinter Ihnen gestanden !"

Euro

Die Währungsumstellung auf den Euro war doch nicht so einfach und problemlos, wie es einem die Politiker und Fachleute weismachen wollten.
Piepenbrink wird es nie vergessen, dass seine Oma am letzten Tag, das war der 28.2.2002, wirklich

noch mal im Supermarkt an der Kasse stand und noch einen riesigen Stapel D-Mark hatte.
Die Kassiererin war sehr, sehr besorgt und sagte: „Mensch, Oma Piepenbrink, du hast noch so viel D-Mark. Heute ist doch der letzte Tag, der 28.2. 2002.“
„Ja“, sagte Oma Piepenbrink, „ich habe das Gefühl, dass der Euro sich bei uns im Dorf nicht durchsetzen wird.“
Und am nächsten Tag, wie de Deubel dat will, guckte sich Piepenbrink eine Fernsehtalkshow im dritten Fernsehprogramm an. Und da fand Piepenbrink die Aussage einer hochrangigen Politikerin bemerkenswert.
Und die sagte zum Euro folgendes: „Mit dem Euro ist es wie mit der Liebe mit einem Mann. Erst gibt es Probleme mit der Einführung, dann kommt er endlich und schon ist es mit der Stabilität vorbei !“

Vergessen

Neulich erzählte Steffen am Stammtisch folgende Geschichte, die er gehört hatte: Ein junges Mädchen fährt mit einem Mann ins Grüne. An einem stillen Plätzchen wollten sie sich miteinander vergnügen.
Plötzlich sagt sie: „Ich vergaß, dir zu sagen, ich bin Prostituierte, eine Stunde kostet 100 Euro.“
Er antwortet darauf: „Macht nichts.“

Auf dem Weg zurück in die Stadt sagt er: „Oh, ich vergaß, dir zu sagen, ich bin Taxifahrer. Die Rückfahrt in die Stadt kostet 200 Euro !“

Supermarkt

Manchmal kommt es anders und öfter als man denkt ! Supermarkt. Man hat ja immer ein Gottvertrauen, dass man alles Geld wieder rauskriegt und das richtig abgerechnet wird.
Eine Kundin geht im Supermarkt zur Kassiererin und sagt: „Ich wollte Ihnen nur sagen, Sie haben sich gestern beim Herausgeben um 20 Euro geirrt.“
Die Kassiererin ist ganz empört: „Das kann ja jeder sagen, das hätten Sie gleich sagen müssen, nee, nee, nee, jetzt ist es zu spät !“
„Ja“, sagt die Kundin, „gut, dann behalt ich das Geld eben !“

Spaziergang

Steffen und sein Sohn machen einen herrlichen ausgiebigen Spaziergang durch die Feldmark.
Steffens Sohn fragt und Papa Steffen erklärt, was gerade blüht, wächst und was geerntet wird.
Plötzlich kommt den beiden ein Mann entgegen. Und der Sohn von Steffen – gut erzogen – sagt „Guten Tag“ und macht einen kleinen Diener.

Da fragt Steffen seinen Sohn: „Wer war das denn ?“ Da antwortet Steffens Sohn: „Das muss einer vom Umweltamt sein. Der kommt drei-, viermal die Woche und dann fragt er Mami immer, ob die Luft rein ist !“

Übergewicht

Der Doktor in Piepenbrinks Dorf ist ein Landarzt im klassischen Sinne. Und er ist natürlich oft einer der Hauptgesprächspartner am Stammtisch, wenn es um Fragen der Gesundheit geht. Er gibt Tipps für eine gesunde Ernährung, Probleme mit der Liebe und soll man sich gegen Grippe impfen lassen usw.
Letztens hatte Steffen den Mut, den Doktor auf sein Übergewicht anzusprechen. Ganz am Rande: Steffen bringt es auf 280 Pfund Lebendgewicht. Er fragt den Doc: „Was kann ich bloß gegen mein Übergewicht tun, gibt es eine Diät oder eine Fastenkur ?“
„Nee“, sagt unser Doktor, „gegen dein Übergewicht hilft nur leichte Gymnastik.“
„So“, sagt Steffen, „Sie meinen also Liegestütze, Kniebeugen und so . . .“
„Nein, nein, nein“, antwortet der Doc, „nein, mein Guter, es genügt ein Kopfschütteln, wenn dir etwas zu essen angeboten wird !“

Steffen hat Piepenbrink eine besondere Briefmarke zu Weihnachten geschenkt.

Faule Ausrede

Bei Steffen im Dorf hat einer seiner Kumpels, nämlich Werner Hansen, eine von zwei Zwillingsschwestern geheiratet.
Neulich trifft Steffen ihn und fragt ihn aus: „Sag mal, wie hältst du die beiden auseinander ?"
Da antwortet Werner: „Ich frage sie: Lust auf Sex ? Wenn sie sagt, sie hat Migräne, dann ist es meine !"

Lotto

Piepenbrinks Nachbarin von Schlaten hat mal richtig Glück. Wer hat das schon ? Von Schlaten hat im Lotto „Sechs Richtige". Sie ruft ihren Sohn zu Hause an: „Mensch, Bernd-Eggert, wir haben ‚Sechs Richtige', wir sind reich !"
Als sie kurz danach nach Hause kommt, steht der Sohn vor der Tür und sagt: „Mama, als ich Papa das eben gesagt habe, dass wir ‚Sechs Richtige' im Lotto haben, hat der einen Schlag gekriegt, der ist jetzt tot."
„Ja", sagt die Mutter, „wenn's läuft, läufts richtig !"

Treue

Mit der ehelichen Treue, steht es in diesem unseren Lande nicht immer zum Besten. Laut Statistik gehen 35 % der Frauen fremd. Und Piepenbrinks Dorf bleibt natürlich von so einem Fehlverhalten auch nicht verschont.
Eine Dame im Dorf, Piepenbrink nennt natürlich keine Namen, liegt mit dem besten Freund des Ehemannes im Heiabettchen. In den Stunden ungetrübter Freuden klingelt plötzlich das Telefon. Die Frau hebt ab und spricht mit fröhlicher Stimme: „Och, nee, da bin ich aber froh, dass du anrufst ... wirklich so schön ... wunderbar ... oh das freut mich aber für dich ... also ganz toll ... da bin ich aber glücklich. Also bis dann." Und dann legt sie den Hörer auf.
Da fragt der Liebhaber: „Sag mal, wer war denn das ?"
„Ach", antwortet die Frau, „das war nur mein Mann, der hat mir gerade erzählt, welch wundervolle Zeit er beim Angeln mit dir verbringt."

Tante Liese

Mieke hat Besuch bekommen von Tante Liese aus Buxtehude. Mal ist sie bei Steffen, mal bei von Schlatens oder auch bei Strinseltals. Diesmal ist sie also bei Steffens Tante Mieke und die kann Tante Liese nicht besonders leiden. Und um es

ganz ehrlich zu sagen, die Tante Liese ist nicht so sehr beliebt, und man sieht sie lieber wegfahren als ankommen.
Die kleine Anja ging also auf die Tante Liese zu und mit ihrer kleinen Zunge leckte sie an dem Kleid von Tante Liese.
Da fragte Tante Liese: „Mein Kind, was machst du denn da, du leckst an meinem Kleid ?“
Da antwortete die kleine Anja: „Meine Tante Mieke hatte Recht, dein Kleid ist wirklich geschmacklos !“

Feuchte Wohnung

Das Schönste ist eigentlich immer, wenn Piepenbrink am Mittwoch oder am Samstag über den Wochenmarkt geht. Er trifft alte Kumpels und Kumpelinnen wieder, und er hatte Steffen und seine Gattin auch lange nicht gesehen. Es kommt zum Klönsnack, und Piepenbrink fragt seinen Kumpel Steffen: „Sag mal, ist eure Wohnung denn immer noch so feucht ?“
Da sagt Steffen: „Und wie, so was von feucht, gestern Abend habe ich eine Mausefalle aufgestellt und heute Morgen war da ’ne Forelle drin !“

Piepenbrink als Wirt Lüder mit Helmut Hamke von der Gruppe Speelwark in der beliebten N3-Sendung „Freut Euch des Nordens“.

Schlaflosigkeit

Steffen nutzt es immer aus, wenn unser Landdoktor am Stammtisch sitzt, da ist Steffen ziemlich rigoros.
Und der Doktor denkt, dann kannst du auch rigoros sein. Und so fragt der Doktor ihn neulich: „Na, Steffen, wie steht es bei dir denn mit der Liebe ?“
Da antwortet Steffen: „Ich leide unter Schlaflosigkeit !“
„Ja“, meint unser Doktor, „dann verschreibe ich dir ein gutes Potenzmittel.“
„Und davon soll ich einschlafen, Herr Doktor“, fragt Steffen.
„Nee“, antwortet der Doktor, „nee, das nicht, aber das Wachbleiben ist für dich wesentlich amüsanter.“
Ja, und dann hat Steffen aus irgendeinem Katalog wieder etwas mitgekriegt. „Hier“, sagt er zum Doc, „ich habe ein chinesisches Potenzmittel ausprobiert, aus Rhinozeroshorn.“
„Ja“, fragt unser Doc, „und hat das was gebracht ?“
Darauf antwortet Steffen: „Also, potenzmäßig merke ich noch nicht so viel, aber ich werde total aggressiv, wenn ich Geländeautos sehe !“

Fusion

Steffen weiß ja immer das Neueste, das gefällt Piepenbrink ja auch so gut.
Steffen sagt zu ihm: „Hast du schon gelesen, hier im Wirtschaftsteil von der ‚Kieler Nachrichten', die Telekom und die Post wollen fusionieren."
Piepenbrink hakt nach: „Telekom und Post wollen fusionieren, wirklich ? Und wie soll denn das neue Unternehmen heißen ?"
„Ja", sagt Steffen, „ich nehme an ‚Kompost' !"

Haarwasser

In seiner spärlichen Freizeit liest Steffen gern mal in geschichtlichen Büchern nach. Es hat ja Zeiten gegeben, da fing der Mensch erst beim Leutnant an. Gerade der Humor in diesen K- und K-Zeiten war hervorragend und kam wirklich nicht zu kurz. Aus dieser Zeit kommt eine wunderschöne Geschichte.
Ein Leutnant und sein Gefreiter sitzen beim Friseur. Der Friseur – natürlich sehr charmant – verstrickt den Leutnant in ein Gespräch, schneidet ihm die Haare preußisch kurz. Und nachdem die Haare kurz genug waren, fragt denn der Friseurmeister: „Herr Leutnant, noch Haarwasser gefällig ?"
„Nee, nee", sagt er, „lassen Se das mal, wenn ick so dufte, denkt meine Frau doch, ick war im Bordell."

Dann fragt der Friseurmeister auch noch den Gefreiten: „Auch noch ein duftiges Wässerchen ins Haar ?"
Da antwortet der Gefreite: „Mir können Sie ruhig Haarwasser ins Haar tun, meine Frau weiß nämlich nicht, wie es im Bordell riecht !"

Neues Kleid

Neulich trifft Piepenbrink Steffens Frau Mieke in der Stadt. Die war aufgeditscht, das kann man sich gar nicht vorstellen. Sie hatte einen sagenhaften Fummel an, da konnte man Kleid zu sagen.
Piepenbrink sagt zu Mieke: „Mein lieber Mann, was hast du für ein tolles Kleid. Sag mal, ist das jetzt der letzte Schrei ?"
„Nee", antwortet Mieke, „der vorletzte, den letzten stößt mein Mann aus, wenn er die Rechnung sieht !"

Mutterglück

Steffen ist ja ein sehr vertrauensseliger Mensch. Nach dem Urlaub waren wieder alle Stammtischbrüder zusammen.
Da sagt Steffen: „Meine Herren, liebe Stammtischbrüder, ich will es euch sagen, es ist kein Geheim-

nis mehr, meine Frau wird in einem halben Jahr wieder Mutter."
Piepenbrink darauf zu Steffen: „Hast du schon jemanden in Verdacht ?"

MMS

Man lernt ja auch immer wieder dazu, wenn man sich so am Stammtisch austauscht. Dann hat der Bürgermeister mal was zu erzählen, der Amtsrat oder auch der Apotheker. Und wie das so ist, besonders unser Doc, der schon viele Jahre im Dorf praktiziert, weiß viel zu erzählen, ohne dass er die ärztliche Schweigepflicht verletzt.
Neulich war Routineuntersuchung. Und es kamen eine dreißigjährige, eine fünfzigjährige und eine siebzigjährige Dame zur Untersuchung.
Alles wurde untersucht und nachher fragte die Dreißigjährige: „Ist alles in Ordnung ?"
Da antwortete der Doktor: „Ja, ich bin sehr zufrieden, alle Blutwerte und die Röntgenbilder sind in Ordnung, aber wir machen im Augenblick eine kleine Statistik im Rahmen einer Umfrage. Und ich muss Sie fragen: Wie steht es bei Ihnen mit der Liebe ?"
„Ja", sagte sie, „MMS."
„Ja", meinte der Dokter, „das weiß ich jetzt nicht, was das heißen soll ?"
Da antwortete die Dreißigjährige: „Montag, Mittwoch und Samstag."

„Oh“, sagte der Doktor, „toll !“
Und dann kam die Fünfzigjährige. Auch alle Werte toll, Röntgenbilder o.k., Blutbild in Ordnung. Da sagte der Doktor: „Ja, gnädige Frau ich muss Sie auch fragen: Wie steht es bei Ihnen mit der Liebe.“
„Ja“, antwortete sie, „MMS.“
Da fragte der Doc: „Was bedeutet das bei Ihnen ?“
Da sagte sie: „März, Mai, September !“
Nun kam Piepenbrinks siebzigjährige Nachbarin, Frau von Schlaten.
Der Doktor sagte zu ihr: „Frau von Schlaten, ich bin sehr zufrieden mit Ihnen, alles ist in Ordnung, prima, prima ! Aber auch bei Ihnen muss ich fragen: Wie steht es bei Ihnen mit der Liebe ?“
„Ja“, antwortete Frau von Schlaten, „das ist ganz einfach. MMS.“
Da fragte der Doktor: „Was bedeutet diese Abkürzung ?“
Darauf Frau von Schlaten: „Manchmal möchte ich schon !“

Auf dem Dorfplatz

Nee, das ist ja das Schöne in Piepenbrinks Dorf: Wenn man sich so auf dem Dorfplatz oder auf dem Wochenmarkt trifft zu einem Klönsnack, das ist doch immer wieder interessant.
Eines Tages traf Piepenbrink auf dem Dorfplatz die alte Frau Steffen.

Die fragte ihn: „Hast du schon gehört, was meine Tochter geträumt hat ?"
„Nee", sagte Piepenbrink, „habe ich nicht."
„Sie hat es mir heute Morgen erzählt. Sie hatte heute Nacht einen entsetzlichen Traum. Ihr Mann Steffen und Richard Gere kämpften um sie."
Da sagte Piepenbrink, „das war doch ein schöner Traum."
„Nee, meinte sie, „Steffen hat gewonnen !"

Beim Arzt

Unsere Ärzte werden manchmal mit unvorhersehbaren Dingen konfrontiert.
Zu einem Landarzt kam ein junges Pärchen. Etwas schüchtern, aber doch voller Vertrauen.
Der Arzt wendet sich an die beiden und fragt: „Was kann ich denn für Sie tun ?"
Da sagt der junge Mann: „Herr Doktor, wir haben ein sexuelles Problem."
„Na", sagt der Arzt, „dafür bin ich ja da."
Der junge Mann fragt: „Dürfen wir es Ihnen mal zeigen ?"
Der Arzt sagt: „Selbstverständlich, dafür bin ich ja da."
Die beiden jungen Leute entkleiden sich, dann ist ja die obligate Liege da und die beiden verlustieren sich gut ein Stündchen und ziehen sich dann wieder an.

Der Arzt sagt: „Das war ja ganz toll, aber wo ist jetzt Ihr sexuelles Problem ?“
Da antwortet der junge Mann: „Wir können uns leider kein Hotelzimmer leisten !“

Der Bibelverkäufer

Bei der heutigen Wirtschaftslage hat man es nicht immer ganz leicht.
Piepenbrink hat einen sehr namhaften Verleger in der Landeshauptstadt Kiel. Der hatte die großartige Idee, die Bibel noch mal neu auflegen zu lassen. Der lässt 100.000 Bibeln neu drucken und merkt nach kurzer Zeit: keine Resonanz, ein Flop !
Was bleibt ihm übrig, er gibt Annoncen auf „Bibelverkäufer gesucht !“
Der erste Verkäufer, der sich bewirbt, ist ein sehr smarter Jüngling, toll gekleidet. Er macht einen sehr guten Eindruck.
Der Verleger kommt mit ihm ins Gespräch, und er merkt, dass es ein sehr eloquenter, intelligenter junger Bursche ist, der gerne Bibeln verkaufen würde. Der Verleger fragt: „Was haben Sie für Referenzen ?“
Der junge Mann antwortet: „Ich war lange Zeit Lektor in einem großen Verlag, und ich bin kaufmännisch gut ausgebildet.“
„Oh“, sagt der Verleger, „dann sind Sie genau mein Mann.“

Der zweite Bewerber, der kommt, ist ein etwas schüchterner junger Mann. Er macht einen kleinen Diener, gibt dem Verleger die Hand und sagt: „Iich mmmööchtte ggeerrnne BBBBibbbeln vvverkkkaufen."
Der Verleger fragt ihn: „Was sind Ihre Referenzen, was haben Sie vorher gemacht ?"
Da antwortet der junge Mann: „Iich vvverkkaauffe vvon dder Lolokusrrrollle bbis zzum PPPrroppppeller alles. Und BBBibbeln kann ich auch."
„Na", sagt der Verleger, „dann versuchen wir das auch !"
Es vergeht eine Woche und der erste Verkaufsbericht ist da.
„Oha", denkt der Verleger, „der smarte, eloquente Jüngling hat über 80 Bibeln verkauft und der ‚Schnellsprecher' fast 1000."
Da meint der Verleger so für sich: „Das hätte ich nie gedacht, aber warte mal noch die zweite Woche ab."
Dann kommt der zweite Wochenbericht, der Verleger guckt und denkt: „Oha, der smarte Jüngling hat 181 Bibeln und unser kleiner Stotterer fast 2000 verkauft."
Da nimmt er ihn sich zur Seite und sagt zu ihm: „Mensch, Sie sind ja richtig ein As."
„Hhhabbe iich IIhnen jja ggessagt."
Da fragt der Verleger ihn: „Aber Sie müssen doch ein Erfolgsrezept haben, Sie müssen doch irgendwie auf den Kunden eingehen, dass der dann so viele Bibeln kauft."
„Jja", antwortet der Stotterer, „ddas iist gganz

eeinffach, iich ggehhe iimmer zzum KKundden uund ssagge, mmöchten Ssie ’nne Bbibel kkaufen ooder ssoll ich ssie Iihnen vvvvorlesen ?“

Fahrunterricht

Steffen und seine Trecker, das ist auch so ein Thema. Er hat nämlich eine Sammlung. Acht Oldies hatte er schon – nun ist der neunte da. Lanz Bulldog, Baujahr 54 – der absolute Hammer. Er sieht aus, wie eben aus dem Schaufenster geholt. Man kann sagen: In dieses Top-Modell hatte Steffen sich geradezu verknallt.
Unser Fahrlehrer, der mag immer gern so ein bisschen sticheln. Der weiß um Steffens Schwächen und lässt natürlich keine Gelegenheit aus, Steffen durch den Kakao zu ziehen.
Wir saßen mal wieder am Stammtisch zusammen, da sagte unser Fahrlehrer: „Du, hör mal zu, Steffen, folgende Sache, du fährst auf der B 404 von Segeberg nach Kiel und plötzlich merkst du während der Fahrt, dass du den Zündschlüssel vergessen hast. Was tust du ?“
Steffen überlegt, schluckt dreimal und sagt dann: „Ich guck in den Innenspiegel, dann in den Außenspiegel, dann guck ich über die rechte Schulter, blinke rechts und halte an.“
Der Fahrlehrer fragt: „Und dann ?“
Darauf Steffen: „Dann bedank ich mich bei dem Idioten, der mich so schnell geschoben hat !“

Arzt und Klempner

Ein Arzt stellt nachts fest, dass sein Keller unter Wasser steht. Wen ruft er also an ? Den Klempner. Der will aber nicht kommen oder hat keine Lust oder keine Zeit.
Da sagt der Arzt ihm ziemlich schroff: „Also, ich muss doch auch mitten in der Nacht raus zu irgendwelchen Notfällen.“
Da besinnt sich der Klempner, macht seinen Wagen klar, nimmt seinen kleinen Notkoffer und betritt den nassen Keller des Arztes. Dann holt er aus seinem Koffer zwei Dichtungsringe und wirft sie ins Wasser und sagt: „Wenn es morgen nicht besser geworden ist, rufen Sie wieder an, Herr Doktor !“

Stammtisch

Bei Piepenbrink im Dorf gibt es natürlich einen Seniorenstammtisch, und alle sind ganz stolz und glücklich, dass sie drei Rentner haben, alle schon über neunzig. Sie trinken immer ihr Gläschen, mal Köm und Bier oder auch mal einen Rotwein.
Da fragt Fritz: „Du, Friedrich, ich beobachte dich ja immer, wieso nennst du deine Frau eigentlich immer noch Schatz, obwohl ihr schon siebzig Jahre verheiratet seid ?“
Da fragt Friedrich: „Soll ich mal ehrlich sein ?“
„Ja, klar“, sagt Fritz.

Darauf antwortet Friedrich: „Weil ich ihren Vornamen vergessen habe !“

Poussierstengel

Steffen ist und bleibt ein Chameur, Schürzenjäger und Poussierstengel.
Piepenbrink sagt immer: „Der war schon in so vielen Kleiderschränken, der ist schon mit allen Motten per Du. Er kann es aber auch nicht lassen.
Letztens am Stammtisch sagte Steffen: „Liebe Freunde, ich habe mal eine Frage. Für viele gibt es nur einen Ort, wo man seine Traumfrau kennen lernen kann, in der Disko.“
Piepenbrink fragte ihn natürlich gleich: „Wo ?“
Und Steffen antwortete wie aus der Pistole geschossen: „In der Disko !“
Piepenbrink hakte natürlich gleich nach: „Und du meinst wirklich, dass das hinhaut ?“
Steffen sagte: „Ja schon, das Problem ist nur, andere Hornochsen denken dasselbe !“
Nee, dieser Höllenhund Steffen kann es einfach nicht lassen.
Neulich beim Spaziergang im Kurpark sagte Steffen zu seiner Gattin: „Hast du gesehen, wie mich das hübsche Mädchen eben angelächelt hat ?“
Steffens Frau fragte: „Wer ?“
Und Steffen sagte: „Guck mal, wie die mich eben angelächelt hat, die hat mich richtig angelacht !“

„Ja“, sagte Steffens Frau, „da mach dir man nichts draus, ich musste auch lachen, als ich dich das erste Mal gesehen habe !“

Zugezogene

Wir haben ja bei uns im Dorf auch ein paar neue Bewohner und die kommen auch gern zu uns an den Stammtisch.
Und unser Wirt ist immer ganz einfühlsam und merkt, dass der eine junge Mann nicht so ganz glücklich ist. Und der Wirt sagt: „Wir kennen uns ja noch nicht so lange, aber was ist denn eigentlich mit Ihnen los, Sie sitzen hier so traurig.“
Darauf fängt der junge Mann an zu schluchzen und sagt: „Meine Frau ist heute mit meinem besten Freund durchgebrannt.“
Der Wirt ist völlig fassungslos und sagt: „Wie bitte ?“
Darauf wiederholt der junge Mann: „Meine Frau ist heute mit meinem besten Freund durchgebrannt und alles ist so sinnlos ohne ihn !“

Steffen im Kurpark

Steffen ging im Frühling mit seiner Frau gerne mal in den Kurpark. Dann nahm er seine Frau in

die Arme und sagte: „Ist es nicht schön, wie die Grillen zirpen.“
„Nee“, sagte seine Frau, „das sind keine Grillen, das sind Reißverschlüsse !“

Unser Anwalt

Manchmal wird ja die Gutmütigkeit von meinen Stammtischbrüdern auch sehr ausgenutzt. Wenn unser Steuerberater da sitzt, wird der natürlich um Tipps gebeten. Und genauso ist es, wenn unser Anwalt da ist oder unser Doc.
Nun saß neulich einer unserer ältesten Anwälte am Stammtisch und Steffen hatte natürlich gleich wieder eine Frage. Er sagte: „Herr Anwalt, ich hätte da mal zwei Fragen, was würde das kosten ?“
Darauf sagte unser Senioranwalt: „Sechshundert Euro, und wie war die zweite Frage ?“

Charisma

Nach der letzten Gemeinderatssitzung hat sich Piepenbrink mal wieder ganz schön über seinen Freund Steffen gewundert. Was der wieder an gescheiten Sachen von sich gegeben hat. Also, Hut ab, was da so aus drei Gehirnwendungen raus kommt. Erstaunlich !

Piepenbrink kurz vor seinem Auftritt mit seinem neuen Gesangstitel in „Freut Euch des Nordens".

Nachher bei Köm und Bier sagte Piepenbrink ganz bewundernd so zu Steffen: „Steffen, du hast wirklich Charisma !“
Da antwortete Steffen: „Bist du bekloppt, ich bin vollkommen gesund. Charisma, Charisma ist doch heutzutage kein Problem mehr, wenn man regelmäßig die Zähne putzt !“

Unsere Junioren

Beim Stammtisch macht der Nebentisch ganz besonders viel Spaß, nämlich unsere Junioren. Da sind ja schon so'n paar Asse dabei, mein lieber Mann, die haun aber auf'n Appel. Da sind schon ein paar Granaten dabei. Ein paar, die aufschneiden, auch welche, die so'n bisschen angeben und auch ein paar Schicki-Mickis.
Neulich kam einer von denen an und hatte einen schönen Sportwagen. Über die Marke wollen wir nicht sprechen, aber bei der Weltmeisterschaft führt sie oft.
Da hört Piepenbrink, wie einer sagt: „Mensch, du hast ja 'ne tolle Kiste !“
Darauf antwortet der Schicki-Micki-Typ: „450 PS, da musst du auch ganz schön was hinblättern, aber das ist schon eine Granate. Ich sag dir eins: Wenn du in Hamburg losfährst, bist du in einer halben Stunde in Kiel.“
Da sagt der andere: „Du, den kauf ich mir auch !“

Die beiden treffen sich nach einer Woche wieder am Stammtisch.
Da sagt der eine: „Du gehst ja immer noch zu Fuß, hast du dir das Auto nicht gekauft ?"
„Nee", meint der andere, „ich habe mir überlegt, was soll ich in Kiel !"

TÜV

Steffen musste nun nach einer gewissen Zeit mit seinem Traumauto zum TÜV. Das hatten sie ihm ja als Auto mit allen Schikanen verkauft. Das fing am ersten Tag an, da sprang es nicht an. Er rief bei seinem Autovertreter an und sagte: „Sie haben mir ein Auto mit allen Schikanen verkauft, das ist nicht mal angesprungen."
„Ja", antwortete der Autovertreter, „das war die erste Schikane !"
Steffens Auto schaffte es von 0 auf 100, alles an einem Tag !
Und dann sagte der Prüfer beim TÜV: „Steffen, sagen Sie mal, ich sehe hier gerade, wo haben Sie denn Ihre Scheinwerfer ?"
„Ja", antwortete Steffen, „die sind da unten."
Der Prüfer sagte: „Mensch, die gehen ja gar nicht."
„Verstehe ich nicht", meinte Steffen, „ich habe da ja heute ganz neue Kerzen reingemacht."
Der Prüfer beim TÜV wunderte sich und sagte: „Herr Steffen, wo haben Sie denn Ihre Scheibenwischer ?"

„Ja“, antwortete Steffen, „die habe ich abmontiert, weil die Polizei da ständig Bettelbriefe drunter geklemmt hat!“

Lügenbold

Und dann immer so nach dem Urlaub diese Angeberei. Einer will den anderen überbieten mit Angeberei. Und man will feststellen, wer wohl am besten angeben kann.
Kurt sagt zu Steffen: „Ich kann am besten angeben.“
Steffen sagt: „Wenn das so ist, dann sag mal ein Beispiel.“
„Ja“, meint Kurt, „ich war ja jetzt im Urlaub in Amerika und Kanada, war wirklich toll. Und ich will dir mal eins sagen, ich bin sogar die Niagara Fälle raufgerudert!“
„Ja“, sagt Steffen, „da habe ich dich gesehen!“

Urlaub

Steffen fragt seinen Kumpel Reinhard: „Wo warst du denn dieses Jahr im Urlaub?“
Reinhard antwortet: „Du, ich war dieses Jahr in Norwegen.“
Steffen sagt: „Das ist ja ein tolles Land, da kann man angeln und dann auch diese herrliche Natur! Habt ihr denn auch Fjorde gesehen?“

Darauf Reinhard: „Ja, ganz viele. Zuerst sind sie ja ein bisschen scheu, aber dann fressen sie dir ja fast aus der Hand !“

Männer

Klaus trifft seinen Kumpel und sagt: „Egon, du siehst so toll aus, du hast ein dickes Bankkonto, hast das schickste Auto im Dorf, hast eine Traumvilla. Warum hast du noch nie geheiratet ?“
„Ja“, antwortet Egon, „ich bin eben ein echter Glückspilz !“

Liebesbriefe

Neulich sagte Egon Niernheimer zu seinen Kumpels: „Wenn ich euch das erzähle, ihr werdet es nicht glauben, ich bekomme Liebesbriefe in drei verschiedenen Sprachen.“
Da ruft der Neffe von Steffen: „Na und ? Ich zahle Alimente in vier verschiedenen Währungen !“

Musiker

Bei den Dorf- und Scheunenfesten in Piepenbrinks Dorf hat man seit 25 Jahren die gleichen Musiker. Herrlich ! Immer die gleichen Leute, einfach treue Seelen. Klavier, Schlagzeug und Bass. Bevor es nun losging mit dem großen Ball hatte Piepenbrink die Musiker eingeladen. Es gab schön was zu essen und anschließend gab es Rote Grütze. Dann ein paar Bier drauf und dann ging es auch los mit der Feierlichkeit.

Die Musiker spielten eine Viertelstunde, dann sagte der Bassist plötzlich: „Freunde, tut mir Leid, es ist so eine schöne Stimmung, aber irgendwas war mit der Roten Grütze nicht in Ordnung. Ick glööv, ick mutt mal."

Die anderen beiden Musiker sagten: „Mensch, hau ab, wir bügeln das schon aus."

Der haute ab, man hörte nur noch das Schlagzeug und das Piano.

Dann ging der Pianist ans Mikrophon und sagte: „Meine sehr verehrten Damen und Herren, 25 Jahre spielen wir schon für Sie, auch heute machen wir für Sie gerne wieder Musik bis in den frühen Morgen. Sie können auch Wünsche äußern."

Man hörte nach dieser Ansage wieder das Schlagzeug und das Klavier. Der Bass fehlte ja nun.

Nach zehn Minuten sagte der Pianist zum Schlagzeuger: „Du, tut mir Leid, mit meiner Roten Grütze war auch was nicht in Ordnung."

„Mann", sagte der Schlagzeuger, „hau ab, ich mach das auch alleine." Und er spielte auf seinem

Schlagzeug: „Tsch – Tschtschtsch – tsch, tsch, tsch, tschtsch.“ Und so spielte er ungefähr eine halbe Stunde, da kam einer von den Gästen und sagte: „Entschuldigung, Sie spielen doch schon 25 Jahre hier.“
„Ja“, antwortete der Schlagzeuger und spielte weiter ... „Tsch-tschtsch-tsch ...“
Darauf sagte der Gast: „Sie sagten doch vorhin, Sie erfüllen auch Wünsche.“
Der Schlagzeuger antwortete: „Natürlich“, und spielte weiter im Rhythmus: „Ttsch, tschtschtsch, tsch ...“
Da fragte der Gast: „Könnten Sie für mich auch mal spielen ‚Help‘ von den Beatles ?“
Da antwortete der Schlagzeuger: „Was glauben Sie, was ich hier schon eine halbe Stunde spiele ?“

Steffen vor Gericht

„Zugegeben, ich kniete mitten auf der Landstraße“, sagte Steffen, „aber das ist doch kein Beweis dafür, dass ich betrunken war.“
„Nicht unbedingt“, räumte der Richter ein, „aber wie erklären Sie sich, dass Sie den weißen Mittelstreifen aufrollen wollten ?“

Eheliche Treue

Unser Bürgermeister und seine Gattin hatten Silberne Hochzeit. Sie waren 25 Jahre verheiratet.
Am Vorabend der großen Feier – der Kamin brannte, der Rotwein war dekantiert – man schaute sich verliebt in die Augen, da fragte der Bürgermeister: „Herzilein, warst du mir in den 25 Jahren denn auch immer treu ?"
Da antwortete seine Frau: „Weißt du was, wenn ich ganz ehrlich bin, dreimal nicht."
Der Bürgermeister hakte nach: „Kann man denn bitte mal erfahren, wann das war ?"
„Ja", antwortete seine Frau, „kann ich dir sagen, unser Sohn war kurz vorm Abitur, er war nicht der Beste, da bin ich zum Klassenlehrer gegangen, habe mit dem ein paar nette Worte gewechselt, wir sind uns menschlich ein bisschen näher gekommen und dann ist es auch passiert. Und so konnte unser Sohn Abitur machen."
Der Bürgermeister sagte: „Och, das ist ja nicht weiter schlimm", und fragte, „und das zweite Mal ?"
„Ja", sagte sie, „unsere Tochter wollte so gern auf die Mannequin-Schule, aber sie war ein bisschen korpulent und hatte Pickelchen. Und da bin ich zum Chef dieser Mannequin-Schule gegangen, wir haben schöne Gespräche geführt, wir sind uns menschlich näher gekommen und da ist es denn auch passiert."
„Ja", fragte der Bürgermeister, „und das dritte Mal ?"

„Ja, weißt du", antwortete sie, „du bist ja jetzt schon zwei Legislaturperioden Bürgermeister und du wolltest es in diesem Jahr ein drittes Mal werden, und da fehlten dir ja 122 Stimmen !"

Drei ältere Herren

Neulich hörte Piepenbrink in seiner Stammkneipe, wie sich drei ältere Herren unterhielten. Sie hatten schon einen Kleinen im Tee.
Da sagte der eine: „Guckt mal Freunde, ich bin ja jetzt auch schon 78, aber körperlich bin ich noch topfit, das muss man sagen, bloß manchmal krieg ich nicht alles mit, weil ich nicht mehr so gut höre. Also, ich habe ein bisschen Malesche mit den Ohren, aber sonst ist alles ok."
Der zweite, der am Tisch saß, sagte: „Freunde, ihr wisst, ich bin 87, körperlich auch topfit, bloß so'n bisschen mit den Knien – Reissmatismus, ich war ja früher Fliesenleger, das ist ja nicht spurlos an mir vorübergegangen. Aber sonst körperlich bin ich ganz gesund !"
So, nun kam der Älteste, der sagte: „Freunde, ihr kennt mich ja auch, ich bin ja nun 92, körperlich bin ich völlig topfit, mit den Ohren habe ich nichts, da höre ich das Gras wachsen, mit den Knien habe ich auch gar nichts, ich gehe jeden Tag 5 bis 6 Kilometer durch die Feldmark spazieren. Aber so zum Beispiel vorgestern Nacht sage ich

zu meiner Frau: Elfriede, die ist einundneunzig, Elfriede, ich komm mal nach dir rüber ins Bett. Da sagt sie: ‚Mensch, du Tüffel, du warst doch erst vor einer Viertelstunde da!‘ – Also, mein Gedächtnis, das haut überhaupt nicht mehr hin.“

Neues Präparat

Die Frau Bürgermeister in Piepenbrinks Dorf ging neulich zum Doktor. Und dem klagte sie nun ihr Leid: „Also, Herr Dokter, mit der Liebe mit meinem Mann, das haut überhaupt nicht mehr hin.“

Da antwortete der Doktor: „Aber, Frau Bürgermeister, es gibt ein neues Präparat, davon zwei Tabletten in den Morgenkaffee, ich sage Ihnen, die Liebe wird neu erblühen.“

„Meinen Sie das?“, fragte Frau Bürgermeister ganz erstaunt.

„Ja, ganz bestimmt“, antwortete der Doktor.

Nach vier Wochen treffen sich die beiden wieder, da fragte der Doktor: „Na, Frau Bürgermeister, haben Sie das gemacht mit den Tabletten?“

„Ja“, antwortete die Frau Bürgermeister, „wir saßen morgens am Frühstückstisch, ich hatte zwei Tabletten in den Kaffee getan, mein Mann stierte mich an, riss mich auf den Tisch, dann aber eine Stunde Liebe auf dem Tisch.“

Da sagte der Doktor: „Da ist aber toll!“

„Ja“, antwortete die Frau Bürgermeister, „einen kleinen Haken hat die Sache, in dem Hotel dürfen wir uns nicht wieder sehen lassen !“

Inhalt

Günter Willumeit
Bauer Piepenbrink
Locker vom Trecker
aus der NDR 1 WELLE NORD-Serie

Folge 1
80 Seiten, ISBN 3-929596-17-2

Folge 2
80 Seiten, ISBN 3-929596-23-7

Folge 3
80 Seiten, ISBN 3-929596-32-6

Folge 4
80 Seiten, ISBN 3-929596-36-9

Folge 5
80 Seiten, ISBN 3-929596-43-1

Folge 6
80 Seiten, ISBN 3-929596-50-4

Folge 7
80 Seiten, ISBN 3-929596-64-4

Folge 8
80 Seiten, ISBN 3-929596-83-0

Verlag Michael Jung
Postfach 2604, 24025 Kiel

Günter Willumeit
Lachen mit
Bauer Piepenbrink

88 Seiten, gebunden,
ISBN 3-929596-95-4

Günter Willumeit
30 Jahre
Bauer Piepenbrink
Das Jubiläums-Buch
Band 1

128 Seiten, gebunden,
ISBN 3-929596-71-7

Verlag Michael Jung
Postfach 2604, 24025 Kiel

Günter Willumeit
Bauer Piepenbrink
Lachen ohne Ende!

128 Seiten, gebunden,
ISBN 3-89882-006-8

Günter Willumeit
Bauer Piepenbrink
Lachen tut gut!

128 Seiten, gebunden,
ISBN 3-89882-017-3

Günter Willumeit
Bauer Piepenbrink
Heute schon gelacht?

ISBN 3-89882-015-7

Günter Willumeit
Bauer Piepenbrink
Lachen macht Spaß!

ISBN 3-89882-024-6

Verlag Michael Jung
Postfach 2604, 24025 Kiel